BRAVO TORT

IMAGES DE ROMAIN SIMON

RÉCIT DE R. SIMON ET P. FRANÇOIS

ALBUMS DU PÈRE CASTOR • FLAMMARION

© Flammarion 1950 – Imprimé en France
ISBN 978-2-0816-0102-4
ISSN 1768-2061

Poussette est une tortue.
Sa maison est bien propre,
son jardin bien ratissé.

Elle arrose ses salades
deux fois par jour.

Vif est un lièvre.
Sa cabane n'est jamais balayée.
Il n'a pas de jardin.

Quand il a faim,
il court jusqu'à son champ
pour manger des carottes.

Vif s'amuse souvent à sauter
dans le jardin de Poussette.
Il piétine les salades,
renverse l'arrosoir,
abîme tout sur son passage.

Et voilà qu'un jour
il renverse Poussette.

Elle n'est pas contente :
– En voilà assez,
grand étourdi !
Je te défends de passer
par mon jardin.

– Excusez-moi, Madame Poussette.
Je suis pressé ! Je prends le plus court
pour aller à mon champ.

– Pressé ! tu perds ton temps
à jouer et à courir de tous les côtés.
Moi, si je voulais,
avec mes petites pattes,
j'y serais avant toi,
à ton champ de carottes !

– Avant moi ! Vous me faites rire,
  Madame Poussette !
  – Ah ! Je te fais rire ?
Eh ! bien, pas plus tard que demain,
  je te donne rendez-vous.

Nous verrons qui de nous deux
  sera à la barrière jaune
  de ton champ
avant le coucher du soleil !
– Ah ! ah !... ah ! ah ! ah ! ah !...

– Pourquoi ris-tu comme un fou ? dit la loutre, qui revenait de la pêche.
– Oui, dis-nous ce qui te fait rire, ajoutent le renard et le blaireau, qui passaient par là.

Vif répond :
– Tenez-vous bien : Poussette vient de parier qu'elle serait demain à la barrière jaune avant moi !

– Il faudrait qu'elle prenne des échasses ! dit le renard.
Vif rit encore plus fort.

– Moquez-vous de moi tant que vous voudrez, mes amis. Je ne vais pas bien vite, mais je ne perds pas de temps, moi.
– Nous verrons bien !
– Oui, oui, vous verrez qu'elle arrivera la première ! dit la souris.
– Bien sûr ! dit l'escargot.

Poussette rentre chez elle.
– Je vais d'abord
remonter mon réveil,
pour me mettre en route
de bonne heure demain matin.
Là, comme ça !

Et maintenant,
je vais faire ma toilette.
Poussette se lave,
se couche et s'endort.
Le lendemain : drinn !
Poussette se lève.

Elle met dans son panier un croûton de pain, un morceau de fromage et une feuille de salade. La voilà en route avant le jour.

Dans sa cabane, Vif dort encore.

Il fait grand jour. Le soleil chauffe ses oreilles et le réveille.

Il se lave le bout du museau
tout en grignotant une carotte.
 — Je vais bien m'amuser !
Je vais laisser marcher Poussette
toute la journée au soleil.

Et, quand elle sera presque
 arrivée à la barrière,
 hop ! en deux bonds
 je passerai devant elle.
Allons voir où elle en est.

Poussette a déjà traversé le bois.
Elle marche tout doucement.

Vif arrive en coup de vent :
ses amis sont là.

Le renard lui crie :
– Reviens la semaine prochaine
Tu arriveras encore avant elle.

Vif s'en va en riant.

Il gambade dans la campagne,
  s'arrête sous un chêne :
– Tiens ! des champignons !
Ce gros rouge-là fera mon dîner.

Et il le met dans sa musette.

Il grimpe sur la colline pour s'amuser,
rencontre ses cousins lapins, joue à colin-maillard avec eux.
Attrape-nous ! attrape-nous ! crient les enfants lapins.

Mais il est midi. Vif commence à avoir faim.
Il va faire un tour au bois.

Ses amis Casse-Noisette l'invitent à déjeuner.
Vif parle en riant de son pari avec la tortue.
Les enfants se tiennent très bien à table.

Après le dessert, Vif leur raconte
comment il se moque des chiens de chasse
qui n'arrivent jamais à l'attraper.

Vif a trop bien déjeuné. Ses yeux se ferment. Il bâille.
« J'ai bien le temps de faire un petit somme »
pense-t-il.

Il se couche dans l'herbe et s'endort.

Poussette a fait du chemin.
Elle ne s'est arrêtée
qu'un tout petit moment
pour déjeuner.
Et, pendant que Vif dort dans la prairie,
elle marche.
Elle va, elle va tout droit,
sans se reposer.

La souris est allée chercher l'escargot
(Il était vraiment trop en retard.)
Elle crie de sa petite voix :
– Courage, Poussette !
la barrière n'est plus loin.

Le renard, la loutre et le blaireau attendent le lièvre à la barrière.
Ils se moquent de la tortue qui avance toujours du même pas.
Ils croient que le lièvre est caché derrière un buisson,
qu'il va bondir
et toucher le but avant la tortue.
– Ne t'occupe pas d'eux,
dit tout bas la souris.

Mais Vif est loin, très loin. Il vient seulement de se réveiller.
Il s'aperçoit que le soleil est très bas.
Il traverse des prés, des bois,
court de toutes ses forces avec ses grandes jambes.

Le voilà ! Il arrive ! Trop tard ! La tortue vient de toucher le but.
Le renard ne rit plus, ni le blaireau, ni la loutre,
et le lièvre a les oreilles basses.
Les amis de la tortue crient :
« BRAVO ! TORTUE. »

Depuis ce jour-là, Vif ne bouscule plus Poussette.
Il est très gentil avec elle.

Quand elle fait ses commissions,
c'est lui qui porte ses paniers,
et il marche doucement,
tout doucement,
derrière elle.

IME -BAUME-LES-DAMES. 03.2009 - Dépôt légal : 4ᵉ trimestre 1950 - Editions Flammarion (N° 0102), Paris-France
Loi n°49-956 du 16 juillet 1949 sur les publications destinées à la jeunesse